신현득 서른일곱 번째 동시집

# 동시의 눈과 귀

신현득 시  음유진 그림

시간의물레

# 재미가 한라산 높이쯤 되는 동시집

우리 둘레에는 고마운 것이 많이 있습니다.

해님은 햇빛으로 세상을 밝혀줍니다. 햇볕으로 세상을 따뜻하게 해줍니다. 해님이 없다면 세상은 캄캄하고 추워서 사람이 살지 못할 것입니다. 숨 쉬는 공기, 마시는 물, 초록식물을 가꾸어주는 흙과, 흙에서 자라는 초록식물이 모두 우리에게 고마운 자연입니다.

초록식물 하나만을 더 살펴볼까요? 하루 세 끼의 밥·된장·김치·과일 등 우리의 먹거리가 모두 초록식물이 주는 거지요, 그뿐 아니죠. 옛적부터 사람의 집을 만들어준 것이 초록식물이었어요. 우리의 배움책과 공책이 돼주는 종이의 원료도 초록식물인 걸요.

우리는 이러한 자연의 고마움을 알아야 합니다.

그러고 보니 자연뿐만 아니지요. 우리 생활에 쓰이는 도구들이 모두 우리 생활을 도와주고 있어요.

　물을 담아주는 컵, 제 몸이 깎여가면서 글을 써주는 연필, 야문 머리로 못을 박아주는 망치, 칼을 맞으면서 음식을 만들어주는 도마, 내 물건을 담아서 날라주는 주머니….

　사람은 누구나 이러한 자연과 도구의 힘을 빌어서 살아가고 있어요. 이 동시집에서는, 동시 「고맙지 않은 건 없군」에서 노래한 것처럼, 세상에서 고맙지 않은 것은 없으니 그 고마움에 보답하기 위해 이들을 아끼고 사랑하자는 생각을 담고 있습니다.

　누구나 날개를 가지고 날 수 있는 것이 동시의 나라입니다. 올챙이가 날개를 가졌다면 놀라운 일이지요. 불가능이 없는 동시의 나라에서는 올챙이가 날 수 있지요. 날개 가진 올챙이가 날아다니다가 꼬리가 짧아지고 다리가 생겨, 아주 개구리가 되었어요. "개굴개굴." 개구리 소리도 내지요.(「날개 가진 올챙이」)

바둑알을 심어도 싹이 트고 꽃이 피고 바둑 열매가 여는 것이 불가능이 없는 동시의 밭입니다.(「동시의 밭에 바둑알 심기」), 그러다가 동시는 한 사람 시인처럼 눈으로 글감을 보고, 귀로는 그 목소리를 듣기도 하지요. 독자는 여기서 동시의 신비감을 느끼게 될 것입니다.(「동시의 눈과 귀」)

동시가 아니면 이를 수 없는 것이 '제주호'라는 한 척의 배입니다. 국립공원 제주도가 배 한 척이 돼 바다에 떴어요. 한라산 꼭대기에 태극기를 꽂은 제주호가 세계를 한 바퀴 돌면서 관광수입을 올리지요. 그래서 재미가 한라산 높이쯤 되는 동시집입니다!

2020년 7월
지은이 신 현 득

# 차 례

**제1부 작아야 할 수 있어**

□ 고마운 컵 … 10

□ 가까운 데가 안보여 … 11

□ 손잡이 선생님 … 12

□ 아픈 걸 참는 연필 … 13

□ 일하는 기쁨 … 14

□ 작아야 할 수 있어 … 15

□ 망치가 하는 일 … 16

□ 고마운 도마 … 17

□ 주머니 착하다 … 18

**제2부 번쩍이는 것만
　　　보물은 아니군**

□ 골목동무 … 22

□ 내 몸속에 물소리 … 24

□ 과자 상자 속에 넣은
　'고마워' … 26

□ 도마뱀이 공룡을 만났지 … 28

□ 세상의 계단 … 30

□ 곰팡이의 곰팡이 자랑 … 32

□ 눈을 빌려주는 화경 … 34

□ 석기시대에 시작된 말 … 36

□ 번쩍이는 것만 보물은 아니군 … 38

## 제3부 고맙지 않은 건 없군

□ 빛깔로 하는 말 … 40

□ 웃음도 말이다 … 42

□ 소리 아닌 말 … 44

□ 공기의 은혜 이제 알았니 … 46

□ 씻어주는 일까지 … 48

□ 뿌리를 안아주는 흙 … 50

□ 고마운 초록식물 … 52

□ 해님이 키우는 것 … 54

□ 고맙지 않은 건 없군 … 56

## 제4부 동시의 눈과 귀

□ 달리다가 흐르다가
  기어다니는 동시 … 58

□ 동시의 나라 … 60

□ 동시는 읽는 약 … 62

□ 동시의 밭에 바둑알 심기 … 64

□ 동시의 눈과 귀 … 66

□ 나뭇잎이 동시 선생님 … 68

□ 날개 달린 밥그릇 … 70

□ 날개 단 교실 … 72

□ 날개 가진 올챙이가 … 74

**제5부 지구별 들여다보기**

□ 나 하나가 중요해 … 77

□ 기후에 맞추어 사는 나무 … 78

□ 동장군 … 80

□ 벙어리 폭포 … 82

□ 지구별 들여다보기 … 84

□ 부처님께 보내는 이메일 … 86

□ 넘치는 자비심 … 88

□ 기둥이 되면 … 90

**제6부 우리 모두 우주인**

□ 고마운 사람 … 92

□ 그릇나라 대왕 만세 … 94

□ 온 밥상이 콩나라 … 96

□ 장애인 체험 … 98

□ 내 나이 열세 살이 … 100

□ 우리 모두 우주인 … 102

□ 측우기 국보되던, 그 날 … 104

□ 쓰레기는 참는다 … 106

□ 에스키모 어린이,
　일기 하루치 … 108

□ 만세다 제주호 … 110

■ 동시 운동을 다시 외친다 … 113

# 제 1 부 작아야 할 수 있어

# 고마운 컵

컵에
뜨거운 차를
담았다.

"뜨겁니?"
"뜨겁지만 참는 거야."
그래서 고마운 컵.

나르는 손이
뜨겁지 않게
손잡이가 있지.

마시는 사람
손이 뜨겁지 않게
손잡이가 있지.

그래서
더 고마운
컵이야.

# 가까운 데가 안 보여

가깝지만 안 보여
내 코끝.

거울 앞에 서야
보인다
코끝.

거울로도 안 보여
뒤통수.

남들만 보는
내 뒤통수.

"동글하다."
"잘 생겼다."

그 말 듣고
만져보면
그런 것 같다.

# 손잡이 선생님

"나를 잡으면 안전하다."
흔들리는 차 안에 서 있는 나에게
손잡이가 고리를 내민다.

겨우 손잡이 고리에 손이 닿는 내 키.
고마운 손잡이네.
'내가 크면 손잡이 같은 사람이 돼야지.'

" 그 생각 잘 했다."
손잡이의 말.

손잡이가 내 생각을
어떻게 알았을까?
짐작으로 한 말은 아닐 텐데….

손잡이는
선생님이야.

# 아픈 걸 참는 연필

연필이
깎이면서

아프다고
소리친다면

— 아야!
　아야!
　아야!
소리친다면

교실이 엄청
시끄러울 걸.

연필이
이를 악물고
참는 거야.

그래서
조용한 교실.

그래서
고마운 연필.

## 일하는 기쁨

먼지떨이에게는
툭툭 툭툭, 먼지를 터는 재미.
"내 아니면
누가 먼지를 털겠어."
먼지떨이의 자랑이다.
일하는 기쁨.

빗자루도
쓱쓱 쓱쓱, 방을 쓸면서
"나 아니면 누가 방을 쓸겠어?"
빗자루의 자랑이다.
일하는 기쁨.

걸레가 일 하려면
물에 온몸을 적셔야 한다.
몸을 뒤틀어 물을 짜면서,
"나 아니면 누가 방을 닦겠어."
걸레의 자랑.
일하는 기쁨.

# 작아야 할 수 있어

작고 가늘어야
바늘이 될 수 있다.

작고 가늘어야
귀에다 실을 걸고
바느질을 할 수 있지.

박음질,
홈질,
공그르기 ….

몸이 크다 해서
되는 일 아니지.
힘세다고
되는 거 아니야.

작고 가는 몸으로
바늘이 돼야
엄마 손에 잡혀,
옷을 꿰맬 수 있어.

# 망치가 하는 일

망치 나보다 더 야문 건 없지.
쇠로된 머리야.

야문 머리로 못을 박는다.
못을 박는 게 내 할 일.

똑 똑, 못을 박아야 집이 된다.
똑 똑, 못을 박아줘야만 문이 된다.
똑 똑, 못을 박아줘야 책상이 된다.

정을, 그 자루를 자근자근 때려서
돌에다 글씨를 새기기도 하지.
그림도 새긴다구.

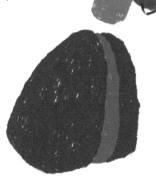

바위를 동강 내는 일도
망치,
내 야문 머리가 하는 일!

# 고마운 도마

김치를 포기째 놓고
썰게 한다.
도마에 칼자국.

나물을 포개 놓고
자르게 한다.
도마에 칼자국.

매운 고추를 놓고
딱딱딱딱 난도질.
매운 마늘 놓고
딱딱딱딱 난도질.

칼을 맞으며
음식을 만든다.
칼자국이 난다.
아프지 않을까?

안 아플 리 없지.
참는 거야.
그래서 그래서
고마운 도마!

# 주머니 착하다

주머니는
손에서 젤 가까운
물품 보관소.

주머니에게 부탁하면,
"잘 갖고 있을 게."
언제나 같은 대답.

저고리 양쪽 큰주머니에
유리구슬, 노리개를
넣어주면 들리는 말.
"주머니 할 일 시켜줘서 고마워."

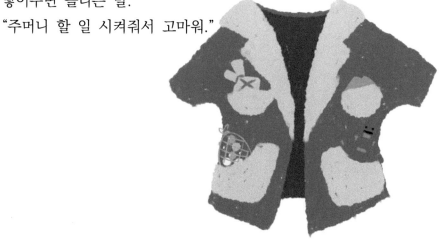

더러 몽당연필,
창칼이 들어가지.
꼬마 공룡, 변신 로봇까지.
그래도 불평 않는 주머니.

친구들 전화번호 쪽지는
언제나 윗주머니에
접은 손수건도
윗주머니에.

"내 물품 보관소
주머니야 고마워!"

# 제 2 부 번쩍이는 것만 보물은 아니군

## 골목동무

철이, 식이, 섭이가
골목에 나왔다.

"안녕!"
"안녕!"
"안녕!"
인사하는 골목동무.

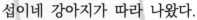

철이네 강아지,
식이네 강아지,
섭이네 강아지가 따라 나왔다.

"망!"
"망망!"
"망망망!"
강아지끼리도 반갑다는 인사다.

골목을 달리는
강아지들.
강아지끼리도 골목동무 됐다.

"팽이를 칠까?"
철이, 식이, 섭이가
팽이를 꺼낸다, 주머니에 있던 팽이.

팽이채가 탁 탁, 팽이를 돌린다.
팽글 팽글 팽글 ….
팽글 팽글 팽글 ….
팽글 팽글 팽글 ….

철이 팽이,
식이 팽이,
섭이 팽이 잘도 돈다.
팽이끼리도 골목동무 됐다!

## 내 몸속에 물소리

샘물 한 모금 마시며 생각했지.

물 한 모금 이놈이 하늘에 올랐댔다.
하늘에 누워 구름 위에 누워
떠다니며 자다가.

빗방울로 떨어졌댔다.
지하수로 흘렀지.
땅속을 돌아다니다가
나무뿌리에서 줄기로 가지로

열매 속을 뱅글뱅글 돌기도 했댔지.
"계속 여행이야." 하며
다시 땅속을 돌아다니다가
샘물로 솟은 걸 내가 꼴딱 맛나게 마셨댔다.

내 몸 속을 이곳저곳 살피며 도는군.
재미있는 여행이래.
"마지막 여행이냐?"

"아니야 아냐. 하늘에 수백 번 올랐는걸.
또 오를 거야."

귀 기울이니
몸 속에서 들리는걸.
물이 조잘대는 말.

## 과자 상자에 넣은 '고마워'


'고마워' 석 자를 써서
옴켜 쌌지

고마운 동무에게 줄 과자 봉지를
종이상자에 넣고
옴켜 싼 '고마워'를 그 위에 놓았지.
동호네 집에 가서 문을 똑똑.

"누구니?"
"나야 이웃집 수용이."
문이 열리거든 상자 디밀고, 곧장 돌아오는 거다.

동호가 받은 선물을 당장 풀어 볼 걸.
"음, 과자네." 그때
'고마워' 그놈이 튀어나오며
"고마워, 고마워, 고마워" 소리칠 거야.

동호가 생각하겠지.
'수영장 깊은 데서 허우적이는 수용이를
수영 솜씨 좋은 내가 가서 받쳐주었지.
수용이가 고마워하네'

그때 '고마워'가
한 번 더 소리칠 거야.
"정말 고마워!"

# 도마뱀이 공룡을 만났지

도마뱀이 공원에 왔다가
놀이터에 있는
공룡 상을 보았지.

"나와 닮은 동물이야.
엄청 크네." 했지.
"엄천 크네."를 한 번 더했지.

그 말, 엿들은 공룡이 말했지.
"도마뱀이구나. 반갑다.
작아서 귀엽네."

"공룡 내 몸집은 코끼리 열 배 크기야."
그 말을 하고
공룡이 큰 입으로 허허허, 웃었지.

공룡이 또 한 마디.
"도마뱀 너와 공룡 나와는
한 핏줄이야."

8천만년
엄청난 옛날,
도마뱀의 할아버지뻘이란다.

"도마뱀, 알았니?"
"예!"
"대답까지 귀엽네."

## 세상의 계단


아래층에서 2층 내 방까지는
하루에 몇 번씩 오르는 계단이야.
그런데,

한 해에 하나씩 오르는 계단이 있지.
나이라는 계단
학년이라는 계단.

두 살 아기, 조카는
나이 계단 두 번째.
열한 살 나는 열한 번째 계단에 올랐다.

초등 4학년 나는,
학년 계단 네 번째.
내년이면 5학년에 오르지.

초·중·고와 큰형이 다니는 대학교는
학교라는 계단
내가 다니는 초등은 유치원 다음 계단이다.

일터에 나서면 정말로
부지런해야 오를 수 있는 계단을 만난다지.
사원에서 시작, 사장까지의 계단.

그러고 보니 세상은 온통
밟아 올라야 할 계단이네,
학문, 예술이 모두.
이등병에서 대장까지는 군인이 오르는 계단.

"그 계단 꼭대기에 올라야,
성공의 깃발을 세울 수 있다.
부지런해야 이룰 수 있다."
아버지가 나에게 들으라는 말씀.

저도 그런 깃발을 세울 작정이에요.
두고 보세요
아버지!

성공

# 곰팡이의 곰팡이 자랑

"곰팡이 네들은 무좀으로
발가락을 헐게 하는 악질이야!"
아저씨들이 무좀약을 바르며
곰팡이를 꾸짖었대요.

"아녜요, 아녜요.
무좀은 발가락에 나는
작은 헌데일 뿐이죠."

"누룩곰팡이 우리 없으면
아저씨들 맘을 달래는
술은 누가 만들죠?"

"메주곰팡이
우리 없다면
된장은, 고추장은 누가 만들죠?"

"놀라지 마세요.
우리들 푸른곰팡이가 있어서
페니실린 명약을 만들 수 있어요."

"많고 많은 목숨을 구하고 있지요."

"우리가 당신들 수명을
몇 십 년씩 늘려주고 있다구요."
"모르시네, 모르시네, 모르셔."

수많은 곰팡이가
한 마디씩, 곰팡이 자랑에
"그래 그래, 맞다 맞다!"
"장하구나, 곰팡이들아, 고맙다!"

똑똑한 아저씨들
손들었대요.

# 눈을 빌려주는 화경

화경, 내 눈은
크게 보이는 눈이에요.

"허, 글씨가 작아서 안 보이네."
할아버지가
우리말 사전 들고
고개 기웃하실 때

"할아버지.
눈을 빌려드릴까요?"
"그래라. 고맙다."

할아버지가
화경 나를 눈에 대시고
"잘 보인다. 알았다."
그리고 고맙다, 한 번 더.

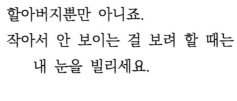

할아버지뿐만 아니죠.
작아서 안 보이는 걸 보려 할 때는
내 눈을 빌리세요.

"야, 잘 보이네!
깜둥이 개미 작은 다리가
또렷하게 보인다."

"파리 발끝이
확실하게 보이는군."

그 때마다
화경 나는
기분이 짱!

# 석기시대에 시작된 말

— 뾰족하다.
— 예쁘다.
— 재미 있다.
— 부지런하다.
이 모두가 석기시대에 시작된 말.

석기를 다듬는 일터에서 이 말을 나누었거든.
"요거, 뾰족하네."
"요거, 참 예쁘네.
"일하는 재미가 있는 걸."

부지런히 일해서, 다듬어서
동굴 가족이 하나씩 석기를 들고 나섰지.
— 돌칼
— 돌도끼
— 돌찌르개….

"저기, 저기.
호랑이가 나타났다.
잡아라!"

"잡아라!" 고함 소리도
뾰족한 돌찌르개가
있고부터.

# 번쩍이는 것만 보물은 아니군

눈 감아 봐 이건 보물이야, 하며
할아버지가 조그만 걸 내 손에 쥐어주셨지.

시를 줄줄 써 줄 거다.
네 이름을 자꾸 자꾸 써 줄 거다.
그림을 그려 줄 거다, 하셨지.

진짜 그렇다면 보물 맞겠지?
이건, 할아버지 쓰시던 연필인 걸.

진짜 그러네.
까만 글씨 예쁘게 써주고
산수 숙제 또박또박 해주네.
보물 맞네.

번쩍이는 것만 보물, 그거 아니군.
보물 찾기 쉽네.
갖기도 쉽네.

# 제 3 부 고맙지 않은 건 없군

# 빛깔로 하는 말

익는 대추는 초록 빛깔.
"크는 중이다."
"익는 중이다."
"좀 더 기다려."
그 말 대신에 풋대추는 초록 빛깔.

"이젠 다 익었다."
"따먹어도 된다."
그 말 대신에
익은 감은 주홍 빛깔.

"우리도 다 익었다.
우린 모두 수출품이야.
그러나 한 개는 따 먹어도 돼."
사과밭에 사과는
이 말 대신에 빨간 빛깔.

# 웃음도 말이다

꽃은
웃음으로 말하죠,
"웃음도 말이야" 하며.

들과 산은
초록빛으로 말하죠,
"빛깔도 말이야." 하며.

나무는
몸을 흔들며 말하죠.
"몸짓도 말이야."

냇물은
물소리로 말하죠,
"물소리도 말이라구."

거울은
그림자로 말해요.
"네 모습은 이런 거야." 하며

들리는 소리는
모두 말이네.
보이는 거 모두가
말인 걸.

## 소리 아닌 말

말을 소리로만 해야 하나?

소리를 갖지 않은 장수하늘소
더듬이를 끄덕끄덕, 그게 말인 걸.
"끄덕끄덕, 날씨 참 좋다." 그 말인 걸.

소리를 갖지 못한 반딧불이는
반짝이는 불빛이 말인 걸.
"빨리 모여라, 친구들아! 반짝 반짝."
그런 말이야.

나뭇잎, 잎의 손짓은
나무의 말이야.
"바람아 불어라,
춤추자. 팔랑팔랑."
그 말.

예쁜 꽃에 예쁜 웃음.
그것도 말이다.
"우리 모두
예쁘다 얘, 깔깔깔깔 ···."
그 말이라구.

시인이면 더 잘 알아듣지.

# 공기의 은혜 이제 알았니?

세상에 가득한 공기.
온갖 생명을 숨쉬게 한다.

나도 너도 공기 속에 잠겨,
숨쉬고 있다.
공기에 편안하게 안겨 있다.
고마운 공기.

소리는 공기의 울림.
공기가 있으니
새가 노래할 수 있다.
우리는 이야기를 주고 받는다.

공기로 숨쉬어야.
산짐승이 뛸 수 있다.
물고기는 헤엄칠 수 있다.
고마운 공기.

공기가
벌레를 기어다니게 하네.
공기가
나비를 날게 하네.
고마운 공기.

우리를 걷게 하고
우리를 일하게 하고
우리를 공부하게 하는 공기.

공기의 은혜 이제 알았니?
고맙고 고마운 공기야.

# 씻어주는 일까지

"흐르면서 노래하자. 졸졸졸 …."
물소리의 뜻이 이거다.

옹달샘에서 솟아나
냇물 됐다가
바다로 모이는 재미.

작은 물방울로 구름이 됐다가.
비가 돼,
온갖 생명 위에 내리는 재미.

온갖 생명 목마르잖게
마시게 하고,
적셔주는 물.

싹 틔우고, 꽃 피우고,
열매 맺게 하는
고마운 물.

"풀줄기 속을, 나뭇잎 속을
흘러볼까?"
"사람 몸속을 흘러보자."

그 말하기 전부터 온갖 생명,
그 몸속에서
생명을 이루어 온 물과 물.
고마운 물.

"온갖 걸
깨끗하게 씻어주는 일까지
물, 내가 하지롱."

# 뿌리를 안아주는 흙

흙이 고맙다.
지구 위에 내 몸을 받쳐주는 흙.
지구 사람 모두를 태우고 있는 흙.

그 위에 마을을,
빌딩의 도시를 놓고 있는 흙.
지구 위, 나라 모두를 받치고 있는 흙.

씨앗이 떨어지면
추운 겨울 동안 안고 있다가
싹을 틔우는 흙.

온갖 나무뿌리, 풀뿌리를 안아서 키우는 흙.
그 뿌리에 영양을 대어주는 흙.
그 뿌리에 물을 대어주는 흙.

들판에서 논밭을
이루고 있는 흙.
논밭에서 곡식을 가꾸어주는 흙.

산을 이루고 있는 흙.
산에서 숲을
가꾸고 있는 흙.

모든 씨앗을 받아서
초록 지구를 이뤄 놓은
고마운 흙!

## 고마운 초록식물

초록풀과 초록나무.
고마운 초록식물.

숨쉬는 산소 모두를
초록식물이 만든 거라니
놀랍구나!

온갖 동물에게 영양을 대어주는군.
잎을 먹이로 주고
열매를 먹이로 주고.
.
사람의 먹거리도
— 초록식물이 주는 밥.
— 초록식물이 주는 김치.
— 초록식물이 주는 과일 …

여기에 더 있지.
사람의 집과 옷은

식물이 마련해 준 것.
식물이 몸을 태워 추위를 막아주기도.

초록식물 고마움을
다 적을 수도,
모두 노래할 수도 없구나.

우리들 연필까지 손잡이는 나무다.
배움책이 돼준
하얀 종이까지.

그래서, 그래서
고마운 초록식물!

# 해님이 키우는 것

해님의 햇빛은 온갖 생명을 키우는 밥이야.
햇빛밥.
해님은 햇빛밥으로 먼저
초록식물을 키운다.

햇빛밥으로 자란 풀이 사슴의 먹이.
염소도 소도
햇빛밥으로 자란 풀이 먹이다.

산새도 들새도,
햇빛밥으로 자란
열매를 먹는다.

햇빛밥으로 자란 풀을 갉아먹고 사는
메뚜기, 풀무치, 방아깨비도
해님이 키우는 거다.

마지막은 사람이다.
햇빛밥으로 자란 곡식,

햇빛밥으로 자란 과일이
사람의 먹거리다.

세상을 밝혀주고,
온갖 생명을 길러주는 해님.
고마운 해님

# 고맙지 않은 건 없군

세상을 밝혀주는 햇빛.
숨 쉬게 하는 공기.
목마를 때 마시는 물.
온갖 생명 가꿔주는 흙.
모두 고맙네.

공부를 시켜주는 연필.
글씨를 지워주는 지우개.
공부 식구를 담아서 잠재우는 필통.
공부거리를 담아 나르는 가방.
모두 고맙네.

못을 쳐주는 장도리.
기둥을 이어주는 못.
나무를 잘라주는 톱.
나무를 깎아주는 대패.

고맙지 않는 게 없군.
세상 모두가 고마워.

# 제 4 부 동시의 눈과 귀

# 달리다가, 흐르다가,
# 기어다니는 동시

사슴이 된 동시는
달리고만 싶었지.
"나는 달리는 동시야!"
향기 나는 숲, 초록 세계를 달리다가

사슴이 된 동시가 목이 말라,
옹달샘 물을 마셨지.
퐁퐁퐁 솟는 물!
"그거 재미있네. 물이 돼 보자."

물이 된 동시가
"나는 흐르는 동시야, 졸졸 졸졸.
물소리 재미있네." 했지.
폭포에서 쿵쿵, 내리뛰면서
"폭포 소리, 힘차서 좋군." 했지.

강을 거쳐 바다에 이른 동시.
출렁출렁, 바닷물소릴 내다가,
"어? 저기, 저 친구 봐!"

거북이가 재미있다, 생각한 동시는
금방 거북이가 돼,
모랫벌을 기었지. 엉금엉금.

"난 기어다니는 동시야!"
했지.

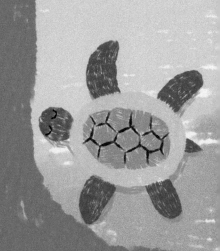

## 동시의 나라

동시의 나라는
언제나 꽃 피는 봄.
동시의 나라에는 향기가 가득.

빨간 꽃이 웃는다.
노란 꽃이 웃는다.
하얀 꽃이 웃는다.

바위도 돌멩이도 웃는다.
나무들도 벙글벙글 웃는다.
동시의 나라에는 웃음이 가득.

냇물이 노래한다, 졸졸졸.
바람이 노래한다, 솔솔솔.
새들이 노래한다, 짹짹짹.
노래로 가득한 동시의 나라.

동시의 나라에 재미가 보이네.
기는 벌레 걸음이 재미있네.
나는 벌레 날갯짓이 재미있네.
재미로 가득한 동시의 나라.

나무에는 조롱조롱 동시가 열렸다.
초록풀에 조롱조롱 동시가 열렸다.
구름에도 햇볕에도 동시가 열렸다.
반짝반짝 반짝이는 동시, 동시들 ….

열매를 따서 껍질을 벗기면
소리치며 펼쳐지는 동시 한 편씩.
— 이건 이건 도토리 열매 동시네.
　동글동글 동글동글.
— 이건 이건 방아깨비 동시다.
　팔짝 팔짝!

# 동시는 읽는 약

동시의 나라에 갔더니 약방에서
예쁜 약병에 써서 담은
동시를 놓고 팔더라.

먹는 약이냐고 물었더니.
읽는 약이래.
"읽는 약도 있네요."
"그럼."

머리가 띵, 할 때
한 편씩 꺼내 읽어보랬어.
"아이고 재밌네, 재밌어, 하하하!"

재미에 웃다보면
띵, 하던 머리가
환해진대.

용기 없는 사람이
읽으면
용기를 주는 약.

게으름 피고 싶을 때
읽으면
부지런을 갖다 주는 동시 약이 있대.

착해지는 약
이순신처럼 되는
동시 약도 있대잖아.

"그 약 한 병 주세요." 하고 사왔지.
비싸지 않더라.
과자 한 봉지 값.

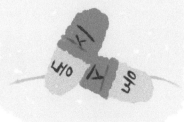

# 동시의 밭에 바둑알 심기

동시의 나라 요술밭에
바둑알을 심었다.
깜장 바둑알 한 고랑.
하양 바둑알 한 고랑.

바둑알이 싹텄네.
깜장에도 초록 싹.
하양에도 초록 싹.

초록 싹이 줄기 벋고
초록 줄기서 꽃 폈다.
깜장 바둑에서 까만 꽃.
하양 바둑에서 하얀 꽃.

까만 꽃에서
깜장 바둑알
조롱조롱.

하얀 꽃에서
하양 바둑알.
조롱조롱.

동시의 나라에만 있는 일.
동시의 나라, 요술 나라.

## 동시의 눈과 귀

동시 나에게는 눈이 있다.
동심의 눈이다.
동시 나에게는 귀가 있다. 동심의 귀다.

동시의 눈에는
이상하고 재밌는 것만 보인다.
동시의 귀에는. 이상하고 재미있는 소리만 들린다.

동시의 눈에는
흔들리는 나뭇잎에서 바람의 손이 보이지.
동시의 귀에는 나뭇잎과 바람이
주고받는 말이 들리지.

동시의 눈에는
꽃잎을 만져주는 햇살의 손이 보여.
햇살이 주는 사랑이 보이지.
동시의 귀에는
꽃잎과 햇살이 주고받는 말이 들려.

온 세상 온갖 것이
서로 서로 쓰다듬고 있네.
동시의 눈에는 그게 보여.

온 세상 온갖 것이
서로 사랑한대.
동시의 귀에는 그 말이 들리는 걸.

동심의 눈,
동심의 귀이기 때문.

## 나뭇잎이 동시 선생님

"우린 나뭇잎이어요.
흔들리는 재미로 살죠.
바람이 흔들어주는 걸요."
동시 공부하는 이에게
나뭇잎이 자기 말을 받아쓰란다.

"흔들리다 보면 하루가 가죠."
"흔들리다 보면 봄이 가죠."
"흔들리다 보면 열매가 커요."
"흔들리다 보면 열매가 익죠."

나뭇잎이 자기 말을 받아쓰란다.
"재미 있죠?" 하며
물어도 본다.

나뭇잎끼리도 지껄이네.
"이제 우린 빨간 단풍잎."
"열매가 다 컸다."
"열매가 다 익었다."
"우리 할 일 다했네."

"열매 떨어지거든 우린
그 위를 덮어주자."

나뭇잎이 하는 말
받아쓰고 보니 동시 한 편.
"나뭇잎이 동시 선생님이네." 그 말했더니

나뭇잎 선생님이 한 가지를 더 가르친다.
"동시란 자연이 나누는 말을
받아쓴 그거에요."

# 날개 달린 밥그릇

"된장 종지야, 날개 달아줄까?"
"내 숟가락아, 날개 달아줄까?"
밥그릇에도 날개를 달아주고, 학교 왔더니

점심시간에, 이놈들이
교실 창문 안으로 날아들었지.

"유진아! 점심 갖고 왔다."
밥그릇이 먼저,
된장종지, 김치접시가 뒤따라 와
책상에 놓인다.

"학교급식 양보할래요, 선생님.
오늘은 집에서 점심이 날아왔어요!"

유진이가 소리쳤지.

# 날개 단 교실

통일이 되고부터
교실에 두 날개를 달았지.

50명 반 동무
공부하는 교실이,
큰 독수리 날듯
날개를 젖기 시작.

"어? 교실이 공중에 뜬다!"
"비행기 탄 것과 기분이 다르네!"
반 동무들 눈이 휘둥그래졌지.

우리가 국어 공부하는 동안
마을을 몇 바퀴 돌고
뒷산을 넘네.

"선생님, 교실이 어딜 가고 있죠?"
"백두산 구경 가는 거다."
"야!"

산수 공부 그 동안
날개 단 교실은, 옛날 휴전선 넘고
연백들 지나, 함경산맥을 넘었지.

"보이지? 백두산!"
내려다보니
백두산이요, 천지네!
"와아아아아아!"

천지 가에 내려
교실은 날개를 쉬게 하고 우린
싸온 도시락을 먹었지.

백두산에서 돌아온 건
5교시 끝날 시간이었어.
짠!

# 날개 가진 올챙이가

올챙이가
날개를 달았다.

꼬리 없애고
앞, 뒷발 얻어
개구리나 될 일이지.
무슨, 날개냐?

괜찮아, 괜찮아.
이렇게 날아다니니
재미있는 걸.

저기 연못이 보이네
연못에 개구리도 보이네
냇물이 보이네.
냇물에 개구리도 보이네.

날아다니는 사이에
다리가 생기는 걸.
꼬리도 짧아지고 있어.

"우와!"
날아다니는 사이에
개구리 됐네.
올챙이가 개구리?

"개굴!"
날아다니는 개구리!

# 제 5 부 지구별 들여다 보기

# 나 하나가 중요해

세계 인구가
73억이래.
오늘 아침 신문 보도.

나 하나가 있어서 73억이야.
나 하나 빼면
거기서 딱 한 사람 모자라지.
나 하나가 중요해.

73억을 이룬 나
무엇을 할까?
무엇이 좋지?

오늘 밤
생각 숙제다!

□ 유엔 세계인구 현황보고서에 지구촌 인구 73억이라는 보도(2015.12. 4.)

## 기후에 맞추어 사는 나무

귤나무는
제주도 기후가 딱 맞다.
귤꽃 피우고
귤열매 익히기에 맞다.

"그래서 우린
여기서 살지롱."
제주도 귤나무의 말.

육지의 기후는
탱자나무에 딱 맞다.
"나는 귤나무 사촌,
탱자나무야."

귤의 사촌 탱자 열매를
조롱조롱 달고
"예쁘지? 예쁘지?"
자랑하는 탱자나무도

서울 북쪽이면
추워서 못 산대.
나무도 체질 나름.
그래서

추운 땅에 한대림.
냉한 땅에 냉대림.
따슨 나라 온대림.
더운 나라 열대림.

# 동 장 군

동장군.
한겨울에만 힘낸다.

동장군의 칼은 고드름 막대다.
창도 고드름 막대다.
고드름으로 엮은 장군모.
고드름 군복에 고드름 훈장 달고.

냇물 꽁꽁 얼구어 놓고,
강물 얼궈 놓고,
눈바람, 칼바람 타고 다니며.

"모여라. 모엿!"
썰매, 스케이트를 불러낸다.
뒤따라 꼬마들, 형들이 나왔다.

썰매 씽- 씽-!
스케이트 씽-씽-!

칼바람, 동장군이
얼음판을 어울렀다.

## 벙어리 폭포

"어 추워, 어 추워!"
하며 흐르던 물이
폭포를, 펑 펑 내려뛰던 냇물이

하룻밤 사이에
입을 다물었다.
영하 25도.

벙어리 된 폭포에
커다란 고드름이 돼버린
냇물.

찬바람이
고드름을 덧붙이고 있다,
벙어리 폭포에.

## 지구별 들여다보기

선생님이,
지구의를 교실 가운데에 내놓으셨다.


"오늘 공부는 지구별 들여다보기다."
선생님은 지구의를 돌리며 얘기하신다.
"들여다보아라. 이게 지구별이다."


많은 산줄기, 평야와 사막이 보인다.
줄을 그은 국경선.
대륙을 둘러싼 넓은 바다.
대륙에서 뾰족 나온, 우리 국토
예쁜 한반도.


우리 마을은
쬐그만 동그라미 하나다. 선생님은,
이 동그라미 안에 작은 점으로
학교가 있고
더 작은 점으로 교실이 있다, 하신다.

"우리 반 친구들은
그, 더 작은 점 안에서, 더 작은 점입니까?"
"그렇다. 용철이가 재미 있는 생각을 했구나."

"작고 작은 점이지만 우리는 일꾼이 될 거다.
커서, 자구촌에서 무슨 일을 할까를
적어 오너라."

"오늘 숙제예요?"
"그렇다."

# 부처님께 보내는 이메일

부처님 받아보세요.

부처님은
불쌍한 것부터
힘없는 것부터
가여운 것부터,
손이 간다죠?

작은 생명
벌레부터 돌보신다죠?

벌레 중에서도 다쳐서
못 걷는 벌레부터
걷게 하신다죠?

벌레와 새들, 물고기까지.
온갖 생명, 그 중에서
말썽장이가 많겠죠?
독을 가진 독뱀.
독을 가진 독거미….
.

말썽장이부터
달래고 쓰다듬느라
부처님 땀 나시죠?

오늘 이메일은 이걸로 그쳐요.
부처님 우리 집, 이메일 주소 아시죠?
답장 보내주세요.
안녕!

　신 동 민 올림

# 넘치는 자비심

할머니 답해주세요.
부처님 자비심을 담는 그릇이라면,
내 밥그릇으로는 안 되겠죠?

— 담을 수는 있지만
　넘친다."

김치독에
담는다면요?

— 담을 수는 있지만
　넘친다.

우리 집 곳간에
담는다면요?

— 세상, 어떤 크기 그릇으로도
　부처님 자비심을
　다 담지는 못하지."

세상을
그득 채울 만한가요?

— 세상에서 넘치는 게
　부처님 자비심이야!

□ 자비심 : 부처님이 세상 사람을 자식처럼 사랑하고 걱정하는
　　　　　마음

# 기둥이 되면

내게
기둥이 되라 하네.

그 위에 대마루, 그 위에 지붕을 얹어도
버티는 게 기둥이다.

내가 우리 집 기둥 되자면
할아버지, 아버지까지 이뤄놓은 그 위에
내 것을 더 얹어서
어깨 하나로 버텨야 한다.
그때 나는, 튼튼한 기둥!

"기둥은 기울면 안 돼."
그래서 오늘도 그 연습이다.
"기둥이 쓰러지면 큰일 나!"
그래서 그 연습이다.

우리 집 기둥이면
나라의 기둥!
우리 집 기둥이면 세계의 기둥!

# 제 6 부 우리 모두 우주인

## 고마운 사람

"고마운 사람이 돼야 한다."
아버지 말씀.

길가는 나그네 위해
우물을 파는 사람만
고마운 거 아니라 하신다.

과원을 가꾸어
좋은 과일을 내는 사람이 돼도
고마운 사람이라신다.

좋은 발명을 하는 이만
고마운 사람 아니라,
발명품을 잘 쓰는 사람도 고마운 사람.

뛰어난 그림을 그리는 사라만
고마운 게 아니라.
그림을 봐주는 사람도 고마운 사람.

구두를 만들어
파는 사람만 고마운 게 아니라,
떨어진 신을 고쳐주는 사람도 고마운 사람.

아버지 말씀 듣고 보니
고마운 사람 되기 쉽네.

# 그릇 나라 대왕 만세!

그릇이 한 곳에 모인 일이 있지.
커다란 광장이었어.

작은 간장종지에서
된장독에 이르기까지.
키높이 순으로 줄을 섰지.

― 종지의 줄.
― 접시의 줄.
― 밥그릇의 줄.

― 토기 ….
― 유리 그릇 ….
― 나무그릇 ….

"그릇이 모였으니 그릇 나라다."
"그릇 나라 왕을 뽑자!"

크기로 보고
모양으로 보고
빛깔로 보고 ….

그릇나라 국민이 정한 왕은
커다란 된장독!

"된장독 대왕님 만세!"
그릇나라 전국에
"대왕 만세"가 메아리로 울렸지.

# 온 밥상이 콩나라

콩이라면
같은 크기.
같은 빛깔,
같은 모양,
동글동글 ….

너무 같아서
왕이 없다. 그래도
국민이 많으니
나라는 나라다.
왕이 없는 콩나라.

콩은
메주가 됐다가
장독에 담겨
두 달이면
건강식품 된장이다!

된장이라면
끼니 마다 밥상에 놓이지.

— 오늘은 된장국이네."
— 이건 두부찌개.
— 아니, 이건 콩자반이네.
— 이건 콩나물 무침.
— 이건 인절미에 콩고물!

아침 밥상, 여기가
콩, 콩, 콩, 콩…,
콩이다.
온 밥상이 콩나라네!

# 장애인 체험

장애우를 이해하기 위해
눈을 막고, 하루만 있어봐
"눈이 안 보이니,
괴롭네, 괴롭네." 할 걸.
앞 못 보는 시각장애 체험하기.

장애우를 이해하기 위해
하루만, 귀를 막고 있어봐.
"귀가 안 들리니,
괴롭네, 괴롭네." 할 걸.
듣지 못하는 청각장애 체험하기.

장애우를 이해하기 위해
두 다리를 묶고 하루만 있어봐.
"걷지 못하니
괴롭네, 괴롭네." 할 걸.
걷지 못하는 지체장애 체험하기.

보지 못하는 하루,
듣지 못하는 하루,
걷지 못하는 하루가,
겨우 그 하루가 그렇게 괴로운데

보지 못하는 일생,
듣지 못하는 일생,
걷지 못하는 한평생인
장애우들은 어떨까?

끔찍하지?
장애우를 생각하자!


□ 장애우: 장애인을 친근하게 부르는 말

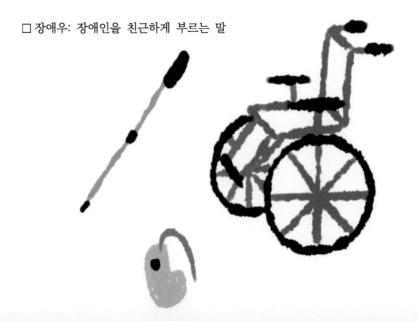

# 내 나이 열세 살이

우주의 나이
120억 년이란다.
"우와! 그 많은 ….”

그 중에는, 적지만
"내 나이 열세 살이 들어 있지.”

만족하다 해야겠어.
내 나이를 빼면
열셋이 모자는 120억인 걸.

내 나이 열세 살은
우주의 나이 열세 살이야!

# 우리 모두 우주인

— 우주 은하계 태양계
　지구별 대한민국 서울 도봉구
　해등로 195길, 삼익아파트 107동 1001호
　할아버지께
로 주소를 쓴 편지가 왔다.

"은하계 주소로 편지가 왔네."
하며, 할아버지가 찬찬히 주소를 보니
야단스럽긴 하지만 맞는 주소다.

"누굴까?" 하고 보낸 주소를 읽었지.
— 우주 은하계 태양계
　지구별 대한민국 경기도 산본시
　꽃밭아파트 309동 605호
　이 유 진 올림

외증손녀가 보낸 것.

— 증조할아버지 받아보세요
6학년 된 오늘, 과학 공부 시간에 우주를 배웠지요.
증조할아버지도 저도 우리 모두
우주의 식구,
은하계의 식구,
태양계의 식구,
지구촌의 식구로 살고 있다는 걸 알았어요.
기뻐서 쓰는 편지여요.
증조할아버지 안녕!

할아버지는 혼자 웃었지.
"증손녀 유진이 덕택에 오늘부터 우주인이 됐어!"

# 측우기 국보되던, 그 날

세종이 만드신 세계 최초 우량계,
측우기를 국보로!

이 기쁜 소식 있던 날
박물관에 놓인 측우기 옆에서
대왕의 목소리가 들렸대.
"어흠 어흠! 내가 세종이야!"
빗방울 소리, 바람 소리도 같이 들렸대.

이 기쁜 소식이 전해진
어느 시골 학교 교실에는
대왕이 모습을 나타내셨대.
"내가 세종이야!" 하고.
광화문 동상을 작게 한 모습,

측우기 모형을 들고 오신 대왕이
시골 할아버지 목소리로 얘기를 해주셨지.
"대왕님, 세종대왕님!"
꼬마들이 대왕께 매달렸지.
"나는 바쁘다. 서울 가서 광화문을 지켜야 해."

대왕은 꼬마들 머릴
고루고루 고루고루 쓰다듬으셨지. 그리고
곤룡포 안주머니에서 꺼낸
사탕을 세 개씩 나눠 주시고

획—

° 2019년 12월 3일 : 각 신문에 세계 최초의 우량계인 측우기가
   국보 된다는 보도.

## 쓰레기는 참는다

쌓이면서, 쓰레기는 참고 있었지.
"우린 몸을 바꾸어 흙이 된다 했어.
꽃을 가꿀 거지." 하며.

그런데, 자꾸 쌓이기만 한다.
쌓여서 눌리기만 한다.
유엔에서 세계 쓰레기 문제를 놓고
옥씬각씬 옥씬각씬 한다더니 소식이 없다.

"우리 같이
폭발을 해버리자!"
쓰레기 한 놈이 소리치며 일어섰다.

"그러자 그러자!.
소리를 크게 내며 폭발을 하자구!"
쓰레기 몇 놈이 뒤따랐다.

세계의 쓰레기더미가 같이 폭발을 하면,

— 펑!

— 펑! ….

소리를 크게 내며 폭발을 하면,

유엔 본부 수만 장 유리창이 덜덜 떨거라 한다.
그때는 세계가 놀라며
쓰레기의 불만을 알아줄 거라 한다.

그런데, 말리는 쓰레기가 있다.
"우리 쓰레기 모두는 착한 일을 했잖어?"
착한 일, 해 온 쓰레기가
세계를 놀래키면 못쓴다는 말을 한다.

착한 일 했다는 한 마디가
쓰레기들 맘을 사로잡았지.

"착한 일 않고는
쓰레기가 될 수 없다.
우리 더 착해지자."

"그래. 그러자."
모든 쓰레기가 참는 쪽으로 의견을 모았대.
착한 쓰레기들이야.

# 에스키모 어린이, 일기 하루치

12월 27일 겨울방학 수요일

영하 40도.
그러나 조금도 춥지 않아,
머리덮개 털옷에다 털신을 신었거든.

해가 지구의 적도 저 아래로 숨어 버리고,
해가 없는 북극의 겨울은
날이 새는 아침같은 밝기다.

아빠와 두 형과 나는
여덟 마리 개가 끄는 썰매를 타고
먼 바다로 나섰다.
엄마께는 코 맞추기 작별 인사.

썰매가 멈춘 곳은 북극의 바닷가.
며칠을 머무를 얼음집 짓기다.
칼로 자른 눈 벽돌로
두 시간 만에 얼음집, 이글루 완성!

털가죽을 까니 아늑한 방 한 칸이네.
엄마가 하듯 고래 기름으로 차를 끓이고,
얼린 생고기를 냠냠냠, 저녁 먹기.
밖에서 자는 개들에게도 얼린 고기를 던져 줬지.

아빠와 두 형은 내일부터
바다로 나가 얼음을 뚫어 놓고
물개 사냥, 바다코끼리 사냥을 할 거란다.

'나도 사냥을 거들지 뭐.'
갖고 온 네 개의 창, 그중에는 내 것도 하나.
내가 할 일을 상상하면서
털 이불을 덮으니 잠이 콜콜.

얼음 덮인 북극 바다가
꿈속에 하나 가득.

☐ 참고 : 『브리태니커 어린이 백과사전』, 에스키모 항목.
☐ 코 맞추기 : 에스키모의 인사 법.

## 만세다 제주호

제주도는  바다에 뜬
배 한 척이야.
배 이름은 제주호.

제주 인구 67만, 모두 타고,
전설의 거인 할망도 타고.
돌하르방도, 귤밭도 같이 타고

한라산 꼭대기에 태극기 걸고
제주호가 닻을 올렸다.
― 뿌~ㅇ

큰 바다 가로질러 달리던 제주호가
며칠 항해 끝에
태평양 건너에 닿았지,
세상에 이런 일도.

"섬 하나가 배 하나다!"
"세계에서 젤 큰 배야!".
소리치며 구경꾼이 몰렸지.

어떨까?
배 안에 등산길이네.
배 안이 귤밭이네, 돌담이네.
돌하르방이네, 목장이네.

오름을 오르고 넘어,
허위허위 백록담까지 올라
한라 꼭대기 일구오공(1950) 높이에 서니

엄청나게 높고 큰 태극기네. 그 옆에
웃고 있는 설문대 거인 할망.
배 위, 저기는 큰 도시야, 도청이 있는 제주.
저기는 작은 도시네, 서귀포라지.
저기는 마을이네. 학교네.
어린이들 가득한 운동장이네. 놀이터네.

"저기는 성산포 일출봉이야."
"만장굴, 정방폭포는 이쪽과 저쪽."
"용두암, 산굼부리가 저기, 저기야."

"국립공원 하나를 몽땅 태운 배가 신기하다."
"한국이란 재미있고 놀라운 나라야."

학교 공부, 한 학기 동안에
5대양 6대주를 한 바퀴 돈 제주호가
제주도 제자리에 정박을 했지.
돌아왔다는 기적 소리.
ㅡ 뿌~ㅇ

저절로 쌓인 관광수입!
이걸 모두 어쩌지?
만세다 제주호!
만세다, 제주섬!

□ 오름 : 산고개. 제주도 365개의 오름이 있음.
□ 설문대 할망 : 제주도 전설에 나오는 거인 할머니.

# 동시 운동을 다시 외친다

신 현 득

①

한국 동시의 첫 작품인 육당 최남선의 「해(海)에게서 소년에게」를 읽으면 강한 주제와 작품 스케일을 느끼게 된다. 한국의 동시는 출발부터 주제가 강하고 스케일이 큰, 판타지 시였다.

1960년대에 젊은 시인들을 중심으로, 동시운동이 일어났을 때다. 그 슬로건이 〈동시도 시가 되어야 한다!〉였다. 운동의 목표가 동시의 이미지화였던 것이다. 시 중의 시를 쓰자는 다짐이었다.

그날로부터 60년인 오늘에 와서 오늘의 동시 작품을 읽으면 걱정이 앞선다.

o 단시여서 내용이 담기지 않는다. 짧은 말놀이들이 많다.
o 고민하고 힘들인 흔적이 보이지 않는 작품이 많다.
o 소재가 서로 비슷해서 닮은 작품이 양산되고 있다.
o 소재를 개척해서 쓴 작품이 적다.

동시를 발전시켜야겠다는 의지가 담긴 작품이 극히 적다는 것을 느끼게 한다. 이러다가는 동시가 문학에서 밀려나는 때가 오지 않을까,

하는 걱정을 하게 된다.

1960년대의 동시 운동이 다시 일어나야 할 이유가 이거다.

②

한국의 첫 동시가 강한 주제, 스케일의 판타지 작품이라는 데에 감동하면서 나는 이런 선대의 작품에 맞추어 작품을 쓰려고 노력해 왔다.

이번 동시집에서는 먼저 〈물〉에 대해서 사유와 조사를 했다. 물은 생명의 기본 요소다. 물은 바다의 형태로 지구 표면을 덮고 있고, 구름이돼 떠다니다가 눈과 비로 땅에 내린다. 모여서 흐르고, 지하수로 솟아난다. 온갖 생명을 기른다. 식물의 줄기와 잎과 열매 속을 흐른다. 이처럼 고마운 물은 내 몸 속을 흐르면서 내 생명을  이어주고 있다.

한 모금 마신 물과 나눈 이야기를 정리해서 시를 빚었다. 주제의 무게와 스케일과 재미가 어우러진 판타지의 시다.

내 몸 속을 이곳저곳 살피며 도는군. / 재미 있는 여행이래.
"마지막 여행이냐?" / 내 몸속에다 물어 봤지. //
"아니야 아냐. 하늘에 수백 번 올랐는걸. / 또 오를 거야."//
귀 기울이니 / 몸 속에서 들리는 걸./물이 조잘대는 말.

〈「내 몸 속에 물소리」 부분〉

③

곰팡이라면 혐오의 대상이다. 부패곰팡이는 유기물을 썩게 한다. 무좀 곰팡이는 발가락 사이를 헐게 한다. 그래서 사람들이 싫어하고 기피한다. 시와는 거리가 먼 곳에 있어 왔다.

그러나 이것을 동시에 끌어들이는 것은 동시의 나라, 동시의 세계를 넓히는 일이다. 그러기 위해서 곰팡이에게 곰팡이 자랑을 시켜보았다.

사실, 곰팡이들은 많은 자랑을 지니고 있었다. 아저씨들이 즐기는 술을 빚는 일을 곰팡이들이 한다. 된장, 고추장을 만드는 일을 곰팡이들이 한다. 고마운 곰팡이들이다.

푸른곰팡이가 페니실린이 되어 인류의 수명을 늘려주고 있다. 동시가 곰팡이와 손을 잡지 않아서 되겠는가.

"누룩곰팡이 우리 없으면
아저씨들 맘을 달래는 / 술은 누가 만들죠?"//
"메주곰팡이 / 우리 없다면 / 된장은, 고추장은 누가
만들죠?"

"놀라지 마세요./우리들 푸른곰팡이가 있어서
페니실린 명약을 만들 수 있어요."/
"많고 많은 목숨을 구하고 있지요."//
"우리가 당신들 수명을 / 몇 십 년씩 늘려주고 있다구요."
"모르시네, 모르시네, 모르셔."

〈「곰팡이의 곰팡이 자랑」 부분〉

④

동시의 나라는 불가능이 없는 재미의 세계다. 한국의 첫 동시가 불가능이 없는 세계에서 출발을 했다. 바다가 소년에게 대화를 시작한 것이 그거다. 바다는 물결 소리를 내면서 소년에게 대화를 걸었다. 스케일의

판타지 시였음을 다시 생각하자. 나의 작품도 여기에서 줄기를 단 것
이다.

밥그릇이 날개를 달고 날아다닌다는 사실이 얼마나 놀랍고, 재미있고,
신비로운 일인가? 동시의 세계. 동시의 나라에서만 이것이 가능하다.

말을 알아듣는 된장종지 밥그릇 숟가락에 날개를 달아주었더니 이들
이 점심시간에 맞추어 점심을 가지고 유진이네 교실로 날아들어 소리
친다. 유진이는 학교 급식을 양보하고, 집에서 날아온 점심을 먹는다.

"된장 종지야, 날개 달아줄까?" / "내 숟가락아, 날개 달아줄까?"
밥그릇에도 날개를 달아주고, 학교 왔더니//
점심시간에, 이놈들이 / 교실 창문 안으로 날아들었지.
"유진아! 점심 갖고 왔다." / 밥그릇이 먼저,
된장종지, 김치접시가 뒤따라 와/책상에 놓인다.

〈「날개 달린 밥그릇」 부분〉

모두 힘들이고 고민한 작품이다. 남이 아무도 손대지 않은 개성 있는
소재를 잡느라 애를 써보았다.

증손녀를 안은 지은이
왼 쪽: 첫째 유진(초등 6)
오른쪽: 둘째 의진(초등 2)

동시　신현득

경북 의성 출생
안동사범대, 대구교육대, 한국사회사업대,
단국대대학원 수학(문학박사)
조선일보 신춘문예 동시부 입선(1959)
세종아동문학상 수상(1971)
한국자유문학상 수상(2015)
동시집 『아기 눈』(1961), 『고구려의 아이』(1964)
등 37권

그림　음유진

2001년 부천 출생
유한공업고등학교 건축실내학과 졸업
동시 작가를 꿈꾸는 일러스트레이터

# 동시의 눈과 귀

## 동시의 눈과 귀

초판 1쇄 2020년 09월 25일
초판 2쇄 2022년 11월 11일
저    자 신현득
발 행 인 권호순
발 행 처 시간의물레
등    록 2004년 6월 5일
주    소 경기도 파주시 숲속노을로 150, 708-701호
전    화 031-945-3867
팩    스 031-945-3868
전자우편 timeofr@naver.com
홈페이지 http://www.mulretime.com
정    가 11,500원
ISBN 978-89-6511-319-9 (03800)